CUENTO
DE LUZ

Para Paco, mi compañero y el padre de mis pollitos, al que,
afortunadamente, no tenemos que echar de menos.

Cocorina en el Jardín de los Espejos

© 2011 del texto: Mar Pavón
© 2011 de las ilustraciones: Mónica Carretero
© 2011 Cuento de Luz SL
    Calle Claveles 10 | Urb Monteclaro | Pozuelo de Alarcón | 28223 Madrid | España
    www.cuentodeluz.com
    2ª edición

ISBN: 978-84-938240-9-9

Impreso en PRC por Shanghai Chenxi Printing Co., Ltd.
en abril 2012, tirada número 1273-02

FSC
www.fsc.org
MIXTO
Papel procedente de
fuentes responsables
FSC® C007923

Cocorina en el jardín de los espejos

Mar Pavón

ilustraciones Mónica Carretero

La gallina Cocorina,
para quien no esté al corriente,

no sabe poner un huevo
sin tener un accidente.

La gallina Cocorina,
por si alguien no se ha enterado,

echa a perder con su cante
hasta el día más soleado.

La gallina Cocorina,
para quien no la conozca,
se distrae sin remedio
viendo pasar una mosca.

Pero nuestra gallinita,
a pesar de sus defectos,
cosecha allí donde va
cientos de miles de afectos
porque es buena como el pan
y dulce como la miel,
y los abrazos que da
son tiernos como un pastel.

La gallina Cocorina
hizo anoche el equipaje
y esta mañana, temprano,
ha salido de viaje.
Sus hijitos, muy contentos,
preguntaban sin cesar:
—Mami, mami, ¿dónde vamos,
a la montaña o al mar?

–La montaña está muy alta
y el mar, ¡hum!, queda muy lejos;
mejor vamos de acampada
al Jardín de los Espejos.

Dicho y hecho, Cocorina
picoteó un tronco seco
de cuyo interior salió
un conejo con chaleco:

–Sed bienvenidos, amigos,
yo soy Blanconejosé,
un conejo en apariencia
mas en verdad, no lo sé,
pues rujo como un león
y no como zanahorias,
doy aliento a las visitas
y me alimento de historias.
Me nombraron hace siglos
amo de "maravillaves"
de este jardín encantado,
mis queridísimas aves.

Y a pesar de que aquel tronco
nada tenía de turístico,
resultó que era la entrada
a este complejo "espejístico".

Cocorina se hizo un lío
con la tienda de campaña:
–¡Quien te entienda que te compre!
–gritó por falta de maña.

Los pollitos, al oírla,
acudieron como el rayo
y la tienda estuvo lista...
¡en menos que canta un gallo!

Más tarde, los cuatro juntos
salieron a la aventura
pero pronto se perdieron
en mitad de la "espejura"…

Cocorina, entusiasmada,
iba de espejo en espejo,
mas por más que se miraba
¡no encontraba su reflejo!

Quiso verse en un zapato
reluciente, con hebilla,
pero en él se reflejó
su vecina más cotilla.
Blanconejosé le dijo:
—Ese zapato es de Alicia
y en su charol se refleja
quien te quiere con malicia.

Cocorina se asomó
al Pozo de los Desvelos
pero no vio su carita,
¡sino las de sus polluelos!

Por supuesto, apareció
el buen Blanconejosé:
—Te desvives por tus hijos
y eso es lo que aquí se ve.

Se miró nuestra gallina
en un lago cristalino
pero en vez de su reflejo
¡vio el del gallo Quiquirino!
Blanconejosé, de nuevo,
le aclaró: —Mi gentil dama,
es el lago Titiquiero;
se refleja quien se ama.

La gallina Cocorina
suspiró antes de explicar:
−Es el gallo de mi vida
aunque viva en altamar.

—Sí, hijos míos, este es
vuestro padre, Quiquirino,
y sé bien que os quiere mucho
aunque esté en el quinto pino.

Los pollitos, como es lógico,
no salían de la impresión
pero para sus adentros
¡saltaban de la emoción!

Cocorina y sus hijitos
no olvidarán este día
porque lo han pasado en grande
entre magia y alegría.

Han acabado, por cierto,
brincando a la pata coja
delante de los espejos
de la carcajada floja:
Se veían delgaduchos,
gordos, chiquitos, enormes,
pero lo más divertido
¡eran sus cuerpos deformes!

Blanconejosé, entretanto,
como buen león leía
en la lengua del rugido
con conejil gallardía.

Una niña lo escuchaba
en pijama y zapatillas:
era Vera, prima hermana
de la de las Maravillas.

Cocorina y sus pollitos
a la tienda están de vuelta.
Es seguro que esta noche
dormirán a pata suelta,
y tendrán el mismo sueño:
¡soñarán con un marino
cuya cresta ondea al viento
al que llaman Quiquirino!

A todo esto, la luna
no cejará en el empeño
de alumbrar sus corazones
y velar tan lindo sueño.